谨以此书献给我的女儿，阿罗娜。

——玛娅·布拉米

谨以此书献给我的父亲阿兰·德赛，一位用行走的方式深爱着故土的摄影师兼旅行家。

并向阿尔塞纳致谢，他是位目光挑剔——有时甚至吹毛求疵的旁观者，但这对我而言是弥足珍贵的。

——卡琳娜·黛西

[法] 玛娅·布拉米　著

Maïa Brami

[法] 卡琳娜·黛西　绘

Karine Daisay

世界是我家

余轶 译

北京联合出版公司
Beijing United Publishing Co.,Ltd.

麻雀

Konichiwa（你好）！

大家好，我叫昭夫，家住东京。东京是日本的首都，也是世界上人口最多的城市。

日本是一个四面环海的岛国。有时，这里会发生地震并引发海啸。因此，我们在学校必学的生存技能之一，就是如何在灾难中自救。

我和父母生活在一座小房子里。我们用障子代替门，障子是用纸和竹子做成的。我有一只小天牛，名字叫哈雅，晚上我就让它睡在我的床头柜上。它是一个常胜将军，我和小伙伴玩斗虫比赛，从来都不会输。

日本

早上，妈妈会为我准备热腾腾的酱油蛋炒饭、味噌汤和青椒鱼干。吃完这些，我还会啃一个梨子，喝一杯牛奶。

我们的开学时间是在四月份，正值赏花期。为了庆祝樱花节，大家会去樱花树下野餐。每当躺在樱花树下，我总会联想起木花咲耶姬。她是传说中能让枝头开满鲜花的公主，富士山就是她的家。

我们每天上学都要穿校服。语文课的内容先从平假名开始。平假名一共有四十六个音节，日语的书写全靠它们。我还会自己创作俳句。今天，轮到我和大新、里亚一起打扫教室卫生。下午，我要去上棒球课和小提琴课。

Sayonara（再见）！

海啸：巨大的海浪。

障子：日本民居中一种可以滑动的隔板。

天牛：属于甲虫类，有一只独角。

味噌汤：日本的传统食物，用经过发酵的大豆作为原料。

赏花期：适合观赏花朵的季节，一般在春天或秋天。

富士山：日本最高的山，山顶终年积雪覆盖。

平假名：日语使用的一种表音文字，由汉字演化而来。

俳句：日本的一种诗歌类型，被称为世界上最短的诗。

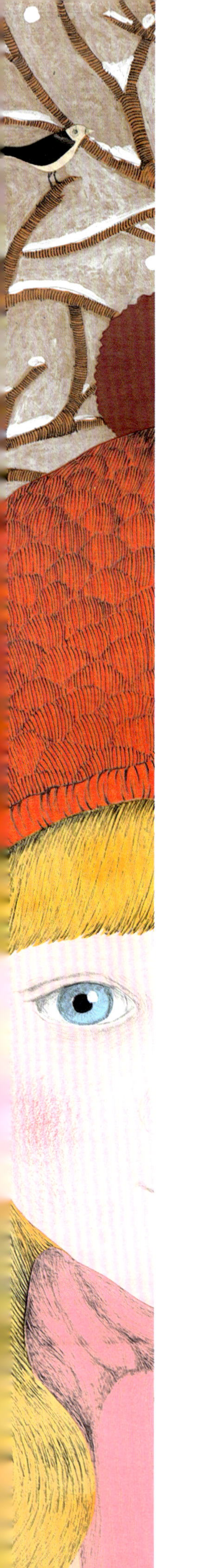

Hej（你好）！

我叫贝娅塔，出生在瑞典斯德哥尔摩群岛的斯瓦特索岛上。能这样生活在大自然的怀抱中，我真是一个幸运儿！

瑞典的冬天特别寒冷，经常下雪，天光暗淡。不过，一到夏天，我们在深夜里有时也能看见太阳！我们会去划皮划艇，钓鱼，或者采摘野果。

八月中旬是开学的时间。我很喜欢去上学，因为我可以在课桌上画画，而且我们的课堂很自由，每个人都有自己的电脑。我一般骑自行车去学校。在此之前，我会好好地吃一顿早餐：橙汁、茶、肉桂卷和一碗酸奶谷物。

瑞典

每年六月二十二日是仲夏节，这是除圣诞节以外我最喜爱的节日。哥哥乔治、姐姐茵嘉和我，都会头戴鲜花，把新鲜的树莓穿在细枝上，大口大口地吃。全家人一起唱歌，围着用鲜花和树叶装饰的十字形“五月柱”翩翩起舞。我们会在湖边用餐，主菜是腌鲱鱼和煮土豆，甜点是草莓蛋糕。

当冬季来临，我们会在结冰的湖面上滑冰。我热切期盼圣露西亚节（十二月十三日）的到来。晚上，我把自己装扮成光明女神，头戴蜡烛花冠，给大家发藏红花面包。男孩们会装扮成姜饼人或是小精灵。

瑞典还有圣诞主题乐园。你可以在这里见到圣诞老人，参观他的工厂，向他的驯鹿们问好，并告诉他你想要的圣诞礼物清单！

Hej då（再见）！

皮划艇：一种正好可以容纳一人的小船。划皮划艇是瑞典人热衷的运动之一。

肉桂卷：加了肉桂的小面包，是瑞典的传统点心。

仲夏节：瑞典人为了庆祝夏至日而设定的节日，也是除了圣诞节以外瑞典最重要的节日。

草莓蛋糕：一种用草莓和奶油制作的瑞典传统点心。

圣露西亚节：纪念圣女露西亚的节日，也被称为“迎光节”。

藏红花面包：一种加入了藏红花的奶油面包。

圣诞主题乐园：位于瑞典中部的达拉纳省，是一座以圣诞元素为主题的乐园。

Hi（你好）！
Palya（你好）（土著语）！

我叫康纳，家住澳大利亚最大的城市——悉尼。澳大利亚是一个面积宽广、充满野性的国家。这里经常有旋风和沙暴，还生活着袋鼠、考拉、巨型蜘蛛！不仅仅是在森林或灌木丛中哦！

土著人是这片土地的第一批居民。他们通过画作和舞蹈，讲述着先祖开创世界的故事，比如说彩虹蛇的故事——他们把这段历史称为“梦幻时代”。他们的乐器迪吉里杜管，可以模仿出鸟、青蛙和野狗的叫声。

澳大利亚

我家就住在海滩的附近。正好，我喜欢冲浪，或者戴着呼吸管潜水。海里有白鲨、蓝瓶僧帽水母，还有各种危险的章鱼。一听到警报声，我和哥哥尼克就会赶紧离开水域。

每年的一月份是开学季。那时还是夏天。早上，我会在校服里面穿好泳衣，以便节省时间。出门时我总会带上早餐：橙汁、谷物、抹了黄油和酵母酱的烤面包。一月二十六日是澳大利亚国庆节，人们会在港口聚上一整天，看渡轮马拉松，在音乐盛典中野餐。晚上，绚烂的国庆烟花表演能把夜空点亮。

今天，我非常激动：我要在全校同学面前做关于大堡礁的演讲。只要是学习认真的孩子，都可以获得在全校同学面前演讲的机会。我很高兴为大家介绍这个世界上独一无二的地方。大堡礁堪称世界第八大奇迹，它那五颜六色的礁石里，藏着成千上万的珍稀鱼类和甲壳动物！我们要好好保护它。

See ya（再见）！

袋鼠：一种有袋的哺乳动物，主要生活在澳大利亚。

灌木丛：由一些生长在干旱地区的小矮树和荆棘组成。

迪吉里杜管：大约两万年前发明的一种木质管弦乐器。澳洲不同的族群对它有不同的命名。

蓝瓶僧帽水母：世界上最危险的水母。

酵母酱：用啤酒酵母制成的用于涂抹面包的咸味酱。

澳大利亚国庆节：澳大利亚重大的全国性节日，用来庆祝英国人和土著人共同创建了这个国家。

大堡礁：位于澳大利亚，是世界最大最长的珊瑚礁群。

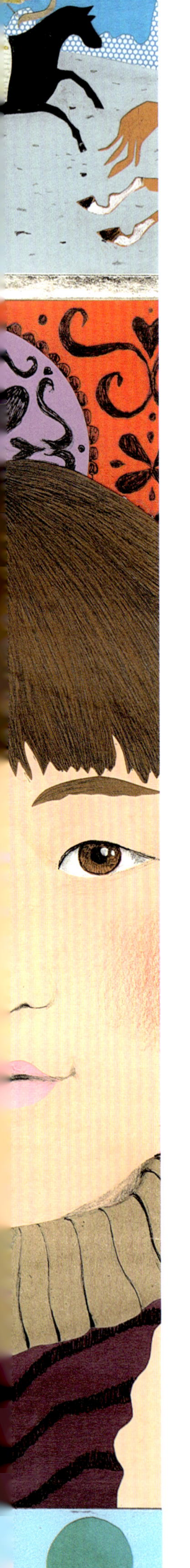

Sènne bénoo（你好）！

我叫德玛，家住“蓝天下的国家”——蒙古。

我出身于游牧民族，家里养了绵羊、牦牛和奶牛。为了饲养牲畜，我们四处游牧。夏季，我们会把蒙古包扎在靠近河流的地方；冬季，室外的温度低至−25℃，为了抵御风寒，我们会在森林边或河谷里安家。

我们骑马或骑骆驼，行走于天地之间。放眼望去，天边有蓝色的高山，也有戈壁滩的巨大沙丘。蒙古野驴和普氏野马就生活在这崇山峻岭之上。

蒙古

我在乌兰巴托的一所寄宿制学校上学。乌兰巴托是蒙古的首都。蒙古的文字是竖着写的，叫作喀尔喀语。我们的早餐有辣羊肉汤、蒙古炒米、沙棘果和奶茶。

二月初，父亲会骑着摩托车来学校，接我回家过白节。我们换上新衣，祭拜先祖，向友人赠送蒙古包子。但我最期待的还是甜点：鞋底饼！鞋底饼由家族里的男人们负责制作，上面堆满了糖果。

暑假来临，我就高高兴兴地离开学校，回到爷爷奶奶、爸爸妈妈和兄弟姐妹身边。我哥哥叫达伊那，妹妹叫吉贝科。我和哥哥会练习射箭，还会和动物宝宝们一起玩耍。我妈妈会把马奶装在皮袋里发酵，做成马奶酒。对我来说，夏天的味道，就是妈妈做的马奶酒的味道。

Baïrtè（再见）！

蒙古包：蒙古族牧民居住的一种圆形帐篷，外面用羊毛毡围裹。

蒙古野驴：介于马和驴之间的一种野生动物。

普氏野马：一种濒危的野生马。

白节：也被称为“白月”，是蒙古历的新年，也意味着春季的到来。

鞋底饼：人们会把单数个的鞋底饼堆在一起，送给祖辈的是七个，送给父辈的是五个，送给孩子的是三个，表示用两层“好运”夹住一层“厄运”。

Saláma（你好）！

我叫范嘉蒂娜，这个名字的意思是“心爱之花”。我住在马达加斯加岛，这里是依兰香和香荚兰的故乡，还有许多珍稀动植物，比如野生兰花、猴面包树、变色龙和狐猴。

我的村庄坐落在扎拉诺罗山谷。扎拉诺罗山是一座高耸入云的粉色岩壁。在热带雨林里，住着环尾狐猴和彗尾蛾。彗尾蛾是世界上最大的蚕蛾，它巨大的茧可以制成珍贵的丝绸。

马达加斯加

早上，我飞快地吃完水泡饭，便迫不及待地赶往学校。我喜欢在石板上学写字。我有两个梦想：一是不断学习，二是成为雕刻家。

放学回家，我会吞下一盘巴塔塔——用土豆做成的点心——然后去找妈妈。她正忙着烧制盖房子用的砖头。我把黏土捏成美人鱼或乌龟的形状，给妹妹诺罗（“光明”的意思）当玩具。

哈佳（“尊重”的意思）和泰西里（“宝贝”的意思）是我的两个哥哥。他们和我父亲一起在稻田里劳作。他们先是赶着瘤牛翻土，然后再把种子播撒在地里。稻米是神圣的，它赋予我们生命。我们经常向祖先祈祷，保佑稻田不受暴雨或飓风侵袭。

四月到六月是假期。孩子们都忙着帮家人进行全年的第一次收割。时值冬季，我们山区的气温很低。我的表亲们会带着甘蔗和阔巴，从塔那那利佛赶来，和我们一起吃桑塔巴利大餐。大家在竹筒琴和手风琴的乐曲声中载歌载舞，好不快乐！

Veloma（再见）！

香荚兰：兰花的一种。

环尾狐猴：最受欢迎的一种狐猴，它的尾巴是黑白相间的颜色。

水泡饭：马达加斯加岛的一种特色食物，由米饭加汤制成，早中晚三餐都可以食用。水泡饭分为甜味和咸味两种，咸味水泡饭一般会加入瘤牛肉。

阔巴：Koba，一种用大米面和碎花生做成的点心。

塔那那利佛：马达加斯加的首都。“塔那那利佛”的意思是“千面之城”。

桑塔巴利大餐：为庆祝每年的第一场丰收而举行的庆典大餐，包括七道菜。一般在复活节的周日举行。

竹筒琴：马达加斯加岛的传统乐器。它是一种用竹子做成的奇特拉琴，有16～24根铁丝弦。

NDON?
Churros

Hello（你好）！

我叫霍普，家住英国伦敦，也就是大侦探夏洛克·福尔摩斯、哈利·波特和披头士的故乡。在伦敦这座城市里，人们使用的语言总共有三百多种！我本人会说两种语言：英语和印地语。我爸爸也一样。

我所在的街区，墙壁上画有街头艺术涂鸦。站在公园远眺，我可以看见老城的大本钟和白金汉宫。白金汉宫是我们女王伊丽莎白二世的府邸，每年我们都会在那里庆祝女王的生日。不过，如果遇上下雨天，远处的风景就会笼罩在雾气之中。

英国

沙尼斯住在三楼。因为都穿着校服的缘故，我们俩看起来很像。我们来到教室，先放好午餐盒。今天上午有晨会，我特别紧张！因为我得在全校师生面前演奏吉他。我们还专门写了一首关于友谊的歌。

周六，如果你去集市上走一圈，感觉会像是在周游全世界！这里有来自世界各地的商品，空气中充满香料、油炸食物、糖果和鲜花的气息。我们可以一边购物，一边品尝咖喱或炸鱼薯条。它们与我平时早餐常吃的谷物、马麦酱吐司和奶茶很不一样。下午，如果天气好的话，我们会去划船。

从十一月底开始，圣诞节的气氛就已经很浓了。整个城市张灯结彩，每个人都哼着圣诞颂歌——这是圣诞节的传统歌曲。在学校，我们会挑选圣诞邮递员，筹备圣诞戏剧表演。十二月二十四日，我会看着我的圣诞袜入睡。等我醒过来，这只大大的圣诞袜里就会装满礼物。

下次见，Bye-Bye（再见）！

老城：老城是伦敦的历史中心和商务中心。

大本钟：悬挂在威斯敏斯特宫塔楼上的大钟。每个小时报时一次，跨年时大本钟也会敲响。

午餐盒：伦敦的孩子一般自带午餐去学校。常见的午餐有三明治、生菜沙拉和饮料。

晨会：在晨会上，全校师生都聚集在风雨操场，校长会为学生颁发各种奖状，每个班级会轮流上台表演节目。

咖喱：咖喱起源于印度，现在却是英国人最喜爱的菜肴之一。

炸鱼薯条：英国的一种街头小吃，将油炸鱼和薯条加上番茄酱、蛋黄酱和洋葱后食用。

马麦酱：一种咸中带鲜的酵母调味酱。

圣诞邮递员：圣诞节期间，每个班级都会选一名同学，负责在班上分发圣诞贺卡。这名同学就是班级的圣诞邮递员。

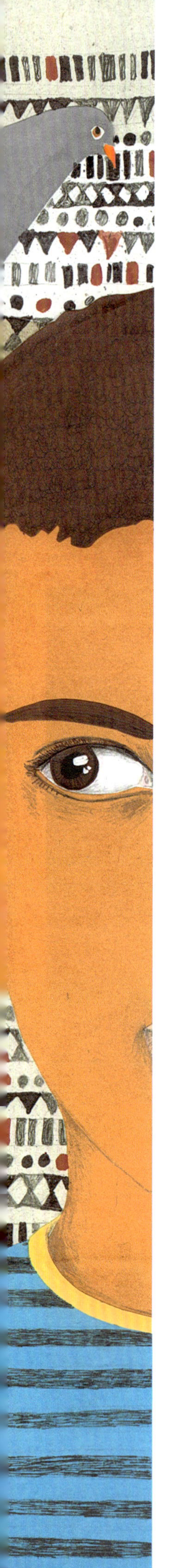

Ahlan（你好）！

我叫伊力亚斯，家住埃及。我的祖国以法老和金字塔著称。在那些或金黄色或玫瑰色的沙丘下，藏着古老而悠久的历史。这里还有象形文字、马斯塔巴、化石和鲸骨。

虽然我现在有固定的家，但我骨子里依然保留着贝都因人的本色，星空下的沙漠就是我的王国。我从不会在沙漠里迷路，哪怕是在坎辛风肆虐、滚热的沙尘铺天盖地的春季。我爷爷闭着眼睛也能驱赶单峰驼群，还能哼歌给它们听。骆驼奶有预防疾病的功效。

埃及

我的村庄坐落在一片绿洲之中。水是我们的宝贝。稻谷、杧果，橙子……万物生长都离不开水。在九月中旬，我一放学就和兄弟们爬上椰枣树，摇落枝头的椰枣。我还会帮大人收割橄榄。夏天，睡过午觉，我们会去游泳。

在举办仪式的羊毛毡大帐篷里，我们既不用担心太热，也不用担心太冷。节日来临，全村人都在火堆旁围成一圈，盘腿席地而坐。我们吃羊肉饭，喝甜甜的留兰香茶，在雷巴布声和鼓声中翩翩起舞。

清晨，我母亲会准备福提尔，那是一种面饼，我用它蘸热牛奶吃。母亲带上我的姐妹去喂鸡，我负责照顾鸽子。与我们一样，这些鸽子生活得自由自在，经常在我家房子附近大摇大摆地走。总有一天，我会越过山丘，沿着尼罗河一直走，直到海边！

Maa Salama（再见）！

马斯塔巴：埃及的一种长方形石墓。

贝都因人：居住在沙漠里的阿拉伯游牧民族。

坎辛风：埃及的一种干热南风，经常引发沙尘暴。

羊肉饭：用酸奶腌制的羊肉配上米饭制成。

留兰香：薄荷的一种，香气馥郁清爽。

雷巴布：一种拉弦乐器，琴箱覆盖着一层羊皮。

尼罗河：世界上最长的河，也是唯一拥有两处源头的长河：一处在赤道，一处在埃塞俄比亚。

Ai（你好）！

我叫乔伊·玛丽娜，这个名字的意思是“太阳仙子”。我住在努纳武特，这里属于北极地带。每年从五月中旬到七月中旬，这里都没有黑夜，只有白昼。冰川在慢慢融化，皮艇是我们出行的主要工具。

五十年前，我的族人——因纽特人——还是以雪屋为家的游牧民族。雪屋是用冰块砌成的。我们猎食驯鹿，用它的皮毛取暖。冬天，我们这里最冷可以达到–50℃！

加拿大

每年十一月中旬到次年一月中旬，我们会迎来极夜。圆圆的月亮取代了天上的太阳，把光影投射在冰川上。男人们扛起鱼叉，出门狩猎海豹和海象。只要能捕到一头，就足够全家人吃上一整个冬季。十二月二十一日是仲冬节，全村人都会出来吃伊古纳克，唱歌跳舞，玩雪橇比赛。三月十九日，当阳光回归，春季来临时，我们也要大肆庆祝一番。

北极熊是我们的吉祥物。我的家人会用蛇纹石、独角鲸牙齿或木头来雕刻北极熊、海鸥和鲸鱼的雕像。他们的灵感来自大自然，也来自族群的传说——关于因努伊特石堆的传说。因努伊特石堆是我们的标志，本地的旗帜上也有它的图案。

早餐我吃玛塔克，或是从超市买回的谷物和橙汁。除了夏季生长的野生浆果，我们这儿的地里几乎什么都不长。

我在学校学习英语、法语，还有因纽特语——这是我们自己的语言。下课时，我和朋友凯蒂唱一首叫作《卡塔贾克》的歌，歌里面会模仿各种小动物的叫声，特别有趣！晚上，我和兄弟们一起去隔壁堂兄家玩尤卡里克或者电子游戏。

Takulaarivuguk（再见）！

努纳武特：“我们的土地”的意思，属于因纽特地区，一共有十四个村庄，约一万名居民。

仲冬节：也就是冬至，是冬季重要的节日。

伊古纳克：一种火腿，用海豹或其他动物的肉制成。

蛇纹石：一种深绿色的石头，当地人称之为“雪玉”。

因努伊特石堆：“因努伊特”是“石头人”的意思。人们曾用它来布置捕捉驯鹿的陷阱，现在是冰天雪地中的路标。

玛塔克：用来生吃的白鲸或独角鲸的外皮，特别受当地孩子的欢迎。

尤卡里克：在当地语言中，“尤卡里克”是“兔子”的意思。尤卡里克是一种锻炼手指灵活性的翻绳游戏，通过用手指改变绳子的位置，展示出不同物品或动物的形状。人们也可以借用它来讲述传奇故事。

Hi（你好）！

我叫拉娜，家住纽约一栋摩天大楼的第二十五层。站在帝国大厦这幢著名摩天大楼的屋顶，我可以看见哈德孙河中央的自由女神像，以及地面上如同蚂蚁一般的出租车。

为了去洛杉矶和爷爷奶奶共度感恩节，我们得花大半天的时间，飞越整个美国大陆。洛杉矶的时间和气候与纽约不同，那里的好莱坞城有阳光、海滩和棕榈树！

美国

冬天的曼哈顿，气温最低可达－25℃！铲雪车把积雪清扫到道路两旁，堆成高高的小山。这样的天气对遛狗的行人而言并不是好事情。由于积雪，交通拥堵，连地铁也出了故障，这令我父母特别抓狂。不过，我倒是喜欢下雪天，如果雪下得足够大，学校就得停课！

周六下午，爸爸带我去学校操场练习棒球。周日，我们全家一起去吃早午餐，然后去中央公园散步。回家的路上，我们会去快餐车买一些小吃。我特别喜欢吃纸杯蛋糕！

为了迎接学校的才艺秀，我准备了一个节目，节目的灵感来源是音乐剧《猫》。《猫》是我最喜欢的音乐剧，也是我生日派对的主题，比如关于猫的戏剧表演和巨大的猫形蛋糕。明年夏天，我要去参加小艺术家夏令营。尽管万圣节刚过，但我已经对小艺术家夏令营心驰神往了：因为，我的梦想就是成为艺术家！

妈妈今天上午会到我们班上来，充当“神秘的朗读者”。她会装扮成机器人的模样，没有谁能认出她来！为此我十分兴奋，三口两口吃完早餐谷物，差点连午餐盒都没拿就冲出家门。在校门口，门卫史蒂芬冲我大喊：

“Have a good one！”（再见，祝你一天愉快。）

感恩节：美国最重要的节日。全家人会一起吃浇了蒜汁的烤火鸡、南瓜泥、南瓜饼。

曼哈顿：纽约的五大区之一。

早午餐：用早午餐代替早餐和午餐，通常在周日上午十一点到下午三点之间进行。

快餐车：美国人发明了快餐，快餐车就是售卖各种快餐和小吃（比如热狗、汉堡包、墨西哥卷饼等）的小卡车。

才艺秀：学校一年一度的才艺表演大会。

午餐盒：美国孩子用来携带午餐的饭盒，常见的午餐有花生酱或果酱三明治、水果。

Sa wa di（你好）！

我叫卡辛查，这个名字是“胜利”的意思。我生活在泰国——“微笑的国度”。在这里，和谐比一切都重要，这不仅体现在人与人之间，还体现在我们的饮食习惯上——我们的菜肴一定要五味俱全，就好比早餐吃的茉莉花粥。泰国人都不爱发火，哪怕是在打泰拳的时候——泰拳是我们的全民运动项目。哈奴曼神像也会提醒我留意自己的言行。

泰国有大海和海岛，全年气候都适合下海戏水。我住在首都曼谷，一栋高楼的第二十层。从我家窗户往外看，可以看见昭披耶河。这是一条贯穿全国的长河。空盛桑运河上漂着运河快船，它们相当于水上巴士。走水路能避免交通堵塞，如果需要去水上集市采购姜、木瓜、红毛丹、榴梿和荔枝之类，这样的出行方式更为便捷。

泰国

到处都可以看到我们敬爱的国王的照片，比如商店的橱窗或者民宅里。泰国也有不少神龛，我和妹妹娜娜（“珍宝”的意思）每天都会在神龛上放一枝莲花。如果我们需要护身符，去护身符市场就能买到。

我最喜爱的节日，是四月中旬的泼水节。那是在暑假即将结束的时候，温度可达35℃。在三天的时间里，大家拿着水枪，往彼此身上浇水，就连消防车和大象也会加入泼水节的队伍！休息时，大家会吃一碗泰国炒米粉，再来一杯爽口的冰镇果汁。炒米粉是我们的国菜，是用米粉和虾子或者其他肉类一起炒着吃。

开学后，我们会剪短头发，把校服熨烫平整。到了学校，我们会脱掉鞋子，在风雨操场上唱国歌，升国旗。每年一月份有教师节，我们会举行拜师礼仪式，向老师跪献鲜花，表达尊重之情。

La khon（再见）！

茉莉花粥：加入茉莉花、姜和辣椒熬制成的大米粥。

哈奴曼：来自印度教的披着白毛的猴神，象征着勇气、力量、坚忍和忠诚。

空盛桑运河：位于泰国首都曼谷的运河，曼谷也因此被称为“小威尼斯”。

神龛：用来供奉神灵、保一方平安的小屋。

泼水节：相当于泰国的新年，在每年4月12日至15日之间。

拜师礼：学生把炒饭（代表服从）[实际为咸莎草（代表耐心）——译注]、茄子花（代表谦逊）或仙丹花（代表智慧）献给老师。

VÖRUVERSLUN

Halló（你好）！

我叫埃伦曼度，生活在冰岛。冰岛是世界上最大的火山岛，位于北极圈附近。这是一座由岩浆形成的岛屿，它仍在持续扩大之中！

在岩浆与冰川构成的月球般的景观中，每一座山都来自地球的核心，讲述着世界最初的故事。每一块石头都是精灵隐世者的家园，那是我们肉眼看不见的圣灵。

冰岛到处都有天然温泉。蒸汽从地平面腾空而起，冰岛的首都——雷克雅未克（意为“蒸汽海湾”——编者注）由此而得名。我就居住在雷克雅未克这座城市里。我和家人下午常去游温泉泳，泳池水温高达39℃！这让我很快就忘记了室外的严寒——除非我离开水面，去玩水上滑梯。游完泳，我们就去港口吃冰岛热狗或龙虾比萨。

冰岛

四月下旬有冰岛的“初夏日”，这意味着天气开始逐渐好转。我爸爸是一名鳕鱼渔夫，他从夏季开始休假。我们开四轮驱动车去看古佛斯瀑布，强风会吹起飞扬的水沫。冰岛的风有各种不同的名字。在黑沙滩上，渐渐消融的冰雪在石块间闪烁，海鹦也飞了回来。鲸鱼在海中像间歇性喷泉一般吐水呼吸。

开学后，午夜的太阳被极光取代。街上的路灯熄灭了，以便人们欣赏这一奇特的景观。冬季，冰岛的白昼特别短，光照很少。于是，我一大早就开始吃早餐——燕麦粥和海鸭肝油。我喜欢去上学。一到学校，我们就在教室里坐好读书。下课时，我会和伙伴们一起下象棋。今天的手工课，我们要制作圣诞薄饼，一种麦子做成的饼干。因为圣诞节就要到了。我们这里的圣诞节，有十三个圣诞老人哦！

Vertu blessaður（再见）！

精灵隐世者：传说中冰岛上隐世而居的一种类人生物。他们身形矮小，会说话，被看成一种精灵。

冰岛热狗：冰岛的国菜。用面包和羊肉做成，可以加番茄酱、淡芥末酱和洋葱。

初夏日：在四月的第三个星期四，用来庆祝冬季的结束。

古佛斯瀑布：冰岛最美的瀑布，高达32米。

海鹦：一种海鸟，皮毛为黑白两色，喙是彩色的，是冰岛的国鸟。

极光：夜晚出现在天空中的彩色流光。

燕麦粥：用燕麦加黄油、粗糖和葡萄干煮成的粥。

十三个圣诞老人：他们是十三个圣诞精灵，会在圣诞节前的十三天内轮流派送礼物。孩子们会把长袜子挂在窗户上，等待这十三个圣诞老人依次到来。

Karibu（你好）！

我叫詹姆斯，家住肯尼亚的图尔卡纳湖畔。每天我所走的路，都是地球早期人类和动物曾经走过的路。狮子、猎豹、黑斑羚和犀牛等动物就生活在这里。在我们的自然保护公园里，人们可以去萨法里。

我出身于桑布鲁族。作为游牧民族，我们还保持着几个世纪以前的生活方式，并且拥有属于我们自己的语言和舞蹈。我的父母穿传统的舒卡，佩戴用珍珠做成的首饰。热带草原上还生活着很多其他的部落。马赛族的武士用红赭石颜料把头发染得火红，就像日落时的天空。

我们的村落受到荆棘丛的保护，远离内罗毕的摩天大楼和蒙巴萨的海滩。夜晚，我睡在茅屋里，可以听到土狼的叫声。

肯尼亚

由于干旱，山羊的产奶量有所下降。早晨，我必须在地上挖一个很深的洞，才能找到水源，把我和妹妹沙朗的水壶装满。我们走路去上学，学校距我家有12公里远！夏天，也就是每年的十二月到四月之间，清晨的气温都可以高达30℃，地面热得发烫！

上学之前，我们很快吃完黍米粥。爸爸会为我们祈祷平安。我很害怕山崖边的象群。如果它们向我们发起进攻的话，那将是非常危险的事。鸟儿在叽叽喳喳地叫个不停——在肯尼亚，生活着几千种不同的鸟类。准备好之后，我们就背上书包，手拿长棍，踏上上学的路！

七点半，操场上的升旗仪式开始了。我们刚好有时间拂去身上的尘土。当国歌奏响时，我的心还在怦怦直跳。能及时赶到，我和沙朗彼此会心一笑。我是全班英语、斯瓦西里语和体育成绩最好的学生。总有一天，我会找到对抗干旱的办法。

Kwaheri（再见）！

萨法里：斯瓦西里语“safari”，意为“旅行”，是一种乘坐四轮驱动车去热带草原观赏野生动物的旅行方式。

桑布鲁族：马赛族的堂族。与马赛人一样，桑布鲁人也说马赛语。

舒卡：一种传统的布料，通常是红色的，既可以当作衣服穿，也可以用作床单。

内罗毕：肯尼亚的首都，海拔约1700米。在内罗毕，摩天大楼与自然保护区毗邻。

蒙巴萨：肯尼亚南部的主要城市，也是通往印度洋的重要港口，拥有得天独厚的白色沙滩和珊瑚。

黍：一种谷物。肯尼亚人常吃的谷物还有玉米。比如乌伽黎就是一种玉米粥。

斯瓦西里语：肯尼亚的官方语言。肯尼亚人还说英语，这是殖民语言。

十二月十二日是肯尼亚的独立日。

Buenos Dias（你好）！

我叫纳达，生活在玻利维亚的里科山脚下。里科山是一座富饶的银矿山，印加人曾在山顶上举行帕查玛玛仪式，直到后来西班牙人在这里发现了银矿，并将其掠夺一空。

我所在的城市波托西绕山而建。人们说这里是矿坑大叔的家，他是地狱之神。为了防止他生气，我的父亲和哥哥们在采矿之前会为他供奉鲜花和糖果。在地下，矿坑的温度特别高，简直令人难以呼吸。

玻利维亚

大部分的孩子都需要工作，我则幸运地能去上学。不过为了支付校服和书本的费用，白天我还是要去擦皮鞋或是刷墓碑。春季伊始，我们就迎来了玻利维亚的万圣节。墓地里到处都是鲜花和装饰品，人们会吃大餐，高声唱歌。我喜欢啃掉那些香甜的娃娃面包的头。

傍晚六点半，在去上学之前，我会食用一碗波托西浓汤。学西班牙语时我经常走神，眼睛不自觉就闭上了！在家里，我们说克丘亚语，这是印加人的语言。我希望成为导游，走遍盐原，欣赏安第斯山脉上的神鹰，去的的喀喀湖畔忆古思今。

六月底，冬季来临，可人们心中还保留着夏日的激情。过了太阳节，也就是印加人的新年，我们会在六月二十四日为圣约翰点燃欢乐之火。人们围着火堆取暖，喝罐装“Api”甜饮。我和小狗露丝一起分吃一串烤肉。父亲在吹奏排笛，乐声如精灵般飘逸。我的哥哥们用恰朗戈为他伴奏。我努力控制自己不要睡着，因为据说一直守夜到天明的人，全年都会拥有好身体！

Adios（再见）！

帕查玛玛：大地之母，是印加人心目中最重要的神灵。

波托西：克丘亚语中“雷鸣”的意思。波托西是世界上海拔最高（4090米）的城市。

玻利维亚的万圣节：在每年的11月1日至2日。

娃娃面包：一种小人儿形状的面包，上面用糖浆画出孩子的脸。

波托西浓汤：用玉米、土豆和南瓜制成。玻利维亚是土豆之国，土豆品种超过三百个。玻利维亚也盛产玉米和藜麦。

的的喀喀湖：南美洲面积最大、海拔最高的湖。湖中有座太阳岛，是印加文明的摇篮。

太阳节：玻利维亚的太阳节在每年的6月21日，它也标志着冬至的到来。

“Api”甜饮：用紫玉米、肉桂和丁香制成的饮料，玻利维亚人常在早餐时饮用。

Zdravei（你好）！

我叫帕维尔，生活在保加利亚。这里被誉为“巴尔干的玫瑰”——在卡赞勒克附近那些沉睡着色雷斯人之王的山谷里，生长着这种比黄金还珍贵的玫瑰。

我们这里在不同的季节拥有不同的节日：二月一日，为了驱逐严寒和白雪，人们会互相赠送红白双色的三月花。我父亲会装扮成库克里，去街上跳舞。

我住在普罗夫迪夫，也就是“七山之城”。七山当中最高的一座是祷告山，那里有老城的废墟，还有一条通往河边的秘密通道。夏天，我和姐姐贝娅娜喜欢乘坐山上专为孩子准备的小火车。

保加利亚

我的城市拥有六千年历史！这里出土了古罗马雄伟的圆形露天竞技场。现在，人们会去那里欣赏合唱曲，或是卡瓦尔笛（一种牧羊人用的笛子）和加杜尔卡（一种古提琴）合奏。离我母亲的画廊不远的地方，还有古老的体育场，古罗马角斗士们曾在这里一决高下。

开学当天就是一个喜庆日。我会换上新衣裳。妈妈做好热乎乎的巴尼特萨奶酪酥饼，闻起来特别香！我喝完保加利亚酸奶，又喝了一杯波扎。贝娅娜帮我拿着送给老师的花束。我在书本上用西里尔字母写好姓名。下午我不用去上学，写完作业以后，我就和伙伴们一起去小木屋里玩。

圣诞节的第二天，我和姐姐一起做好运棒。这是一种小木槌，是把四季豆、辣椒和爆米花挂在桑树枝上做成的。好运棒是我们许愿的工具，每个人都得在背上挨几下，打得越重，身体就会越好，真有意思！不过，我最喜欢的游戏还是复活节的碰鸡蛋游戏：我们拿煮熟的鸡蛋互相碰撞，谁的鸡蛋完好无损，谁就是赢家！

Dovizhdane（再见）！

色雷斯人：保加利亚人是色雷斯人的后裔，色雷斯人曾生活在古希腊北部。

三月花：一种用毛线编织的配饰。保加利亚人在三月一日这天彼此赠送三月花，把它佩戴在手腕上或胸前。

库克里：早春之际，保加利亚男人会戴上有角的面具，披上羊皮服饰，腰间别上牛铃。据说这样的装扮能驱除噩运。

巴尼特萨奶酪酥饼：保加利亚的一种传统千层酥饼，用奶酪、菠菜、肉和牛奶做成。

保加利亚酸奶：保加利亚人拥有传承悠久的酸奶制作工艺，保加利亚酸奶由此而举世闻名。

波扎：一种发酵饮料，用玉米、大麦和黍子发酵而成。

西里尔字母：保加利亚语是第一种使用西里尔字母的斯拉夫语言。

CAFE
BERLIN
Theater
65

Guten Tag（你好）！

我叫沃尔夫冈，家住德国。德国的森林面积在中欧国家中排名第一！因此，格林童话中总是出现森林，一点儿也不奇怪。

我所在的柏林是德国的首都。这里有许多公园、许多动物园、一个水族馆，甚至还有一座农场！这座农场位于达勒姆区，人们可以在那儿给奶牛挤奶，或是收获土豆。夏天，当天气炎热时，我们会去万湖边消暑，吃咖喱肠，喝苹果气泡水。

我们的早餐是一碗水果麦片。妈妈骑自行车送我们去上学，我和妹妹希尔达就坐在自行车前方的篷车里。在普伦茨劳贝格，自行车和小推车的数量比汽车还要多。

德国

来到学校，我们会脱下外套，把它挂在衣钩上，再把鞋子脱放在教室门口。如果不会做课堂练习，我可以问问同桌。中午十二点十五分是户外活动时间。开学后，为了希尔达的入学典礼，我还参演了一个节目，负责吹单簧管。今天是十一月十一日，也就是圣马丁日。人们会提着灯笼，沿街庆祝，还会点燃圣马丁火，将面团裹在棍子上烘焙，做成一种空心面包。

冬季，天空飘雪，天黑得很早。咖啡厅的露台一般都会供暖。我可以在那儿喝一杯热可可，吃一块肉桂面包，再乘坐U-Bahn地铁去往博物馆岛。我也喜欢乘坐轻轨去参观洛克斯迷你世界，它就位于阿乐莎购物中心的顶层。

十二月五日是我们的尼古劳斯日，人们已经能感受到圣诞节的气氛。在亚历山大广场上，每间小木屋里都摆放着琳琅满目的节日礼品和姜饼——这种加了胡椒的甜饼入口即化！

Tschüß（再见）！

格林：指德国雅各布·格林和威廉·格林兄弟，他们收集整理了《格林童话》。

咖喱肠：一种加了咖喱酱的香肠，是德国的国民小吃。

苹果气泡水：将苹果汁与苏打水混合而成的饮料。

水果麦片：将燕麦片泡入牛奶，并加入水果粒而成。

普伦茨劳贝格：柏林的一个街区。

入学典礼：专为入读小学的孩子准备的典礼。家长们会在当天送给孩子一个小礼物，通常是糖果或学习用品。

洛克斯迷你世界：柏林城市的微缩模型，里面有迷你火车和会起飞的迷你飞机。

尼古劳斯日：传说每年十二月五日的晚上，尼古劳斯会从天而降，把礼物放在那些乖孩子的袜子里。

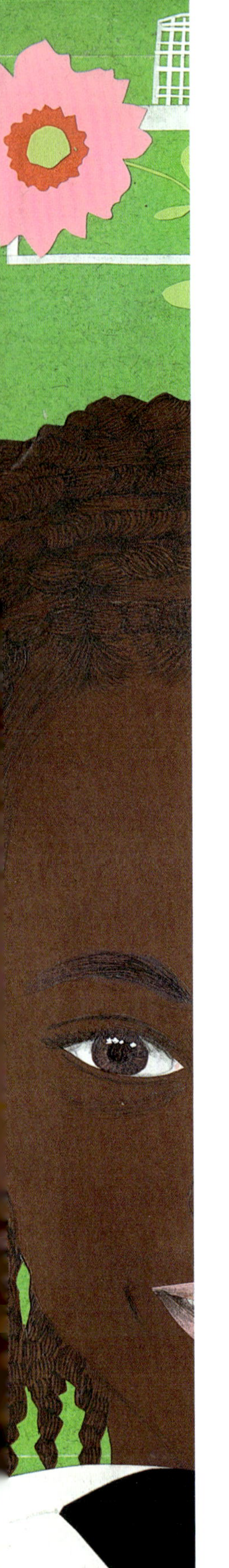

Sawubona（你好）！

我叫林迪威，生活在“彩虹之国”——南非。南非有十一种官方语言、三个首都，国旗上有六种颜色！其中，绿色象征和平。四月二十七日是我们的自由日，人们会点燃篝火，烧烤鸵鸟、羚羊甚至鳄鱼，并举行庆典！

很久以前，我的族人——祖鲁人，“天国之民”，从德拉肯斯堡山脉上下来，在夸祖鲁–纳塔尔省扎根。在我们的语言中，“德拉肯斯堡”是“长矛的屏障”的意思。我和家人一起生活在德班，它是南非的第三大城市。

南非

我们的国家是一座宝库：大地里埋藏着黄金、铜和钻石，到处都有珍稀物种。植物园里生长着苏铁，它是世界上最古老的植物。狮子、大象和长颈鹿生活在自然保护区中，与白犀牛、黑犀牛、非洲野犬、狐獴以及跳羚为邻。跳羚是我们的国兽。在野外上自然课时，我曾亲眼见到它从我跟前跃过。

开学季在每年的一月份。当时正值夏天，穿校服的话有点热。喝完一碗玉米粥和一杯加糖的博士茶，我就去上学啦！由于季风的缘故，空气中充满了雨滴的芬芳。可惜太阳很快又露脸了。在我们这里，全年都是大晴天，我们经常去海边游泳。然后，我会一边吃南非三明治，一边看别人冲浪。

在学校上英语课或者南非荷兰语课时，我总会望着窗外的草坪足球场出神，恨不得立马换上短裤去踢球！将来，我希望能成为一名职业球员。我父亲有一个呜呜祖拉——一种塑料喇叭——专门用于在观看球赛时烘托热烈气氛！

Sala Kahle（再见）！

彩虹之国：指许多不同肤色的人共同生活在南非这个国度。

自由日：由南非第一个黑人总统——尼尔森·曼德拉设置的节日。

非洲野犬：一种长斑的狼，生活在热带草原，已濒临灭绝。

跳羚：羚羊的一种，善于跳跃，能跳得很高。

博士茶：用一种南非独有的红色灌木冲泡而成的茶。

南非三明治：德班的特色小吃之一，用面包和咖喱做成。

南非荷兰语：南非的官方语言之一，混杂了德语和荷兰语。

Shalom（你好）！

我叫伊兰，生活在以色列。六千年前，我们的文明从内盖夫沙漠发源。以色列是一个很小的国家，我们可以白天在北部的黑门山滑雪，晚上在红海和海豚一起畅游！

我们一直沿用同一种日历：新的一周从周日开始，周六是休息日。和祖先一样，我们说希伯来语。阿拉伯语是以色列的第二官方语言。在贝尔谢巴——我国南部区的首府，有来自世界各国的人。贝都因人骑在驴背上，在汽车之间穿梭，赶往集市。

以色列

在我们的餐盘里，有来自世界各地的作料和味道。不过，最受欢迎的还是鹰嘴豆泥法拉费口袋饼！从早餐开始，我们就开启了视觉与味蕾的盛宴！樱桃西红柿、脆黄瓜、椰枣、无花果和多汁的石榴，都是我们餐桌上常见的美食。

我喜欢阳光和热度，不过夏天的气温实在太高，有时甚至达到40℃！到处都安装了空调，连教室里也不例外。户外活动时，我经常戴着帽子和太阳镜，并带上水壶，就像去攀岩时那样。一到夜晚，我们就好像生活在月亮上，伸手就能触碰到满天繁星！只需要一点点雨水，各种花朵就会竞相开放，争奇斗艳。我一直希望能亲眼见到一只狞猫，但这个愿望很难实现，因为这些小家伙的颜色和沙漠非常接近。

很快就是逾越节了。假期里，我们会去死海玩。死海是世界上海拔最低的地方。我和兄弟姐妹们一起，要在海里漂好几个钟头，然后再吃一根阿提克，喝一杯西瓜汁，让自己凉爽凉爽。

Lehitraot（再见）！

内盖夫：位于以色列南部，那里有世界上最大的火山口。

希伯来语：一种从右写到左的没有元音的文字。

贝都因人：阿拉伯游牧民族。

鹰嘴豆泥法拉费口袋饼：以色列的特色三明治。在圆形的烤面包里塞入烤肉、芝麻酱、鹰嘴豆泥和炸丸子制成。

逾越节：犹太人的复活节。在十天时间内，不吃任何经谷物发酵而成的食物，以纪念《圣经》中记载的犹太人摆脱埃及人奴役的故事。

阿提克：冰棍。

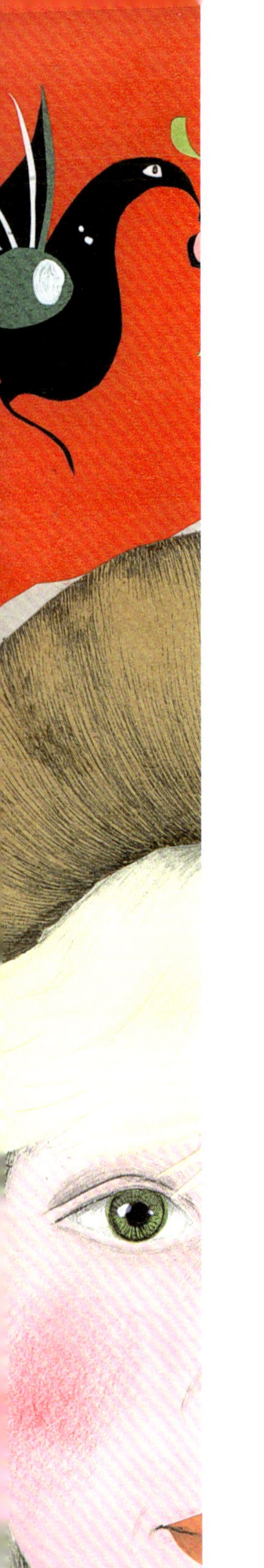

Sdrastvoui（你好）！

我叫亚历山德拉，我的朋友都叫我萨莎。俄罗斯是一个广袤的国家，它有十一个时区和十万条河流！伏尔加河是欧洲第一长河。它流经莫斯科，也就是俄罗斯的首都，我所居住的城市。

冬季，人们会在莫斯科河结冰的河面上凿洞垂钓，或是在0℃的水里游泳！我更喜欢去高尔基公园滑冰，然后再去普希金咖啡馆喝热可可，吃奶油奶酪蛋糕——这是一种用果酱和炼乳做成的糕点。

俄罗斯

我坐在校车上，透过车窗往外看。除了圣巴西尔大教堂和它彩色的球形屋顶，一切都是白茫茫的。为了躲避大风雪，行人都走地下通道。地铁站相当于一个博物馆！九点，第一堂课下课，我们会吃甜荞麦粥，喝黑茶。"**Tchaï！Tchaï！Virutchaï！**"课间，我们一边玩游戏一边喊。

在俄罗斯，我们有两个新年！当克里姆林宫的钟声敲响十二下时，我们就会许下心愿，推开窗户，让新的一年进来。经过精心装饰的餐桌上，摆着奥利维尔沙拉、鲱鱼、黑面包和糖果。我喜欢吃那些在糖粉里滚过的蔓越莓！第二天，来自冰雪爷爷和雪姑娘的礼物会在枞树下等我。晚上，我们会去莫斯科大剧院欣赏《天鹅湖》。

很快就是谢肉节了。我们会吃很多像小太阳一样暖乎乎、黄灿灿的布林饼。糖渍水果赋予了它夏天的味道。大街上，人们点燃一个巨大而可怕的娃娃，表示向冬天道别。我们伴随着巴拉莱卡琴的乐声歌唱跳舞，人生总有几次开怀大笑，也总有几次热泪盈眶——这就是俄罗斯的灵魂！

Poka（再见）！

高尔基公园：以作家马克西姆·高尔基命名的游乐园。

普希金咖啡馆：为纪念曾在这一街区生活的作家亚历山大·普希金而命名。普希金咖啡馆里的书架上一共有一万五千册图书！

圣巴西尔大教堂：俄罗斯最著名的教堂，坐落在红场。

Tchaï！Tchaï！Virutchaï！："茶！茶！救命啊！"这是孩子们玩"猫"的游戏时常用的口诀。谁被"猫"碰到，就要念出这句口诀。

两个新年：俄罗斯的两个新年，一个是公历新年，另一个是按格利戈里历法（实际为朱利安历法——译者注）计算的，比公历新年晚十三天。

克里姆林宫：俄罗斯政府所在地（实际为俄罗斯的总统府，俄罗斯政府的办公地点在白宫——译者注）。

奥利维尔沙拉：一种由多种蔬菜、鸡肉或火腿组成的沙拉。

莫斯科大剧院：俄罗斯最著名的剧院，柴可夫斯基的《天鹅湖》就诞生于此。

糖渍水果：用完整果肉做的果酱，一般选用夏季从森林采摘而来的野生浆果制成。

巴拉莱卡琴：一种有三根弦、琴腹呈三角形的弦乐器。

Namaskaram（你好）！

我叫拉克希米，这也是吉祥天女的名字。我住在喀拉拉，印度的二十九个邦之一。在我们当地语言马拉雅拉姆语中，“喀拉拉”是“椰子树”的意思。在这里，不管是海滩，还是回水区——也就是我所居住的潟湖区，到处都是椰子树。

以前，通过这些河道，印度人会将珍贵的香料运往世界各地。这些香料来自稻田与麦地之间的高山，不管是玛莎拉、达尔，还是莱杜，我们的餐盘里一定少不了香料。我们的胡椒得到了世界顶级大厨的青睐。

印度

在六月和十月间，夏季风带来勃勃生机，象征智慧的莲花朵朵盛开。我爸爸是流动商贩，每天撑着小船出门贩卖货物，回家时身上总是湿漉漉的。人们在运河里洗澡、洗衣、钓鱼或是戏水。

夏末，学校在五月份开学。对我来说，这一天就像是过节。因为我知道，还有很多穷苦人家的孩子上不起学。我喜欢学习印度语、英语和数学。我的梦想是成为一名小学教师。开学这一天，妹妹什丽帮我系好校服上的领结，妈妈为我准备了杧果口味的酸奶，还有布图——椰蓉蒸米饭。

很快就是欧南节了，这是歌颂美和爱的节日。为了制作博卡朗——一种圆形的花地毯——我们要去市场选择不同颜色的花饰。市场里充满各种香味，馋得我特别想和兄弟们一起吃奥纳萨迪亚。我们会身穿白色或金色的沙丽——印度的传统服饰，把茉莉花戴在头上。然后，我们会加入德里久尔的人群，跟随十几头装饰华丽的大象，在陈达鼓声中又唱又跳。

Ta-ta（再见）！

香料：包括小豆蔻、藏红花、丁香、肉桂等。

玛莎拉："混合物"的意思，是一种用于烹饪肉、鱼和蔬菜的咖喱。

达尔：将绿豆或者鹰嘴豆泥塞进喀拉拉脆饼制成。

莱杜：用鹰嘴豆粉和小豆蔻甜浆做成的饼。

印度语：印度的官方语言。印度有23种官方语言文字，其中包括英语。

欧南节：欧南节在每年八月底，为期十天。人们会跳舞、看戏，举行蛇船比赛。

奥纳萨迪亚：一种有十三道菜的宴席，放在香蕉叶上供人食用，进食时人需要盘腿而坐。

我叫马塞洛，这个名字是为了向电影《甜蜜的生活》致敬（马塞洛是该片男主角的名字——编者注）。我生在意大利，这里是达·芬奇、比萨和歌剧的故乡。在意大利，从北到南，大海从来都不会太远。这样很好，因为在夏天，“**Fa un caldo che squaglia**！”，作为下午茶，我最喜欢的意大利冰激凌是“吻”——一种巧克力榛子口味的冰激凌。

我们的暑假长达三个月！早上，我往嘴里塞满饼干，就去跟伙伴们踢球。当足球击中别人晾晒的衣物时，我们总是哈哈大笑。我还喜欢去奥斯蒂亚海滩游玩。

我家在意大利首都罗马。如同威尼斯和佛罗伦萨一样，罗马也是一座处处是美景的城市，连教堂都不例外！

意大利

历史上，罗马曾是世界性的大都会！每到四月二十一日，我们就会庆祝罗马城的诞生。传说中，母狼哺育罗马建城者罗慕路斯的那个山洞，就在帕拉丁山下。在阿布鲁佐大区，也就是距离罗马大约一小时车程的地方，至今还有狼群出没。黄昏时，罗马城的古建筑和喷泉就会镀上一层金色。在学校，下早课时我们会玩角斗士的游戏。我们想象自己在拥有五万观众的斗兽场里，或是在马克西穆斯竞技场全速发动进攻。

下午一点半，我的爷爷诺罗会来学校接我去吃午餐。在意大利传统平价小餐厅里，充满了咖啡的香味，气氛好极了。我一边吃阿马特里切意面，一边看戏。我的奶奶诺娜是家里的老大，一切都是她说了算！

很快就要过主显节了。晚上，好心但是吓人的巫婆贝梵纳就会往我们的袜子里塞糖果。因为我平时有点儿顽皮，我肯定只会得到两块黑炭……模样的黑糖！

Ciao（再见）！

《甜蜜的生活》：导演费德里科·费里尼的作品。在意大利，人们总是愿意花时间来享受生活。

"Fa un caldo che squaglia！"："天气热得要命！"

意大利冰激凌：冰激凌最初就是意大利人的发明！

教堂：罗马是世界天主教的中心。罗马城内有世界上最小的国家——梵蒂冈，教皇就生活在梵蒂冈。

帕拉丁山：罗马的七座山之一。在卡皮托利诺山丘上，有着世界上最古老的博物馆，始建于中世纪。

下早课：上午的课间休息。学生们会吃一点比萨，比如白比萨（干酪比萨）和红比萨（番茄小比萨）。

马克西穆斯竞技场：位于罗马的大型古罗马竞技场，可以容纳四十万人！这也是最古老的竞技场。

咖啡：十七世纪时，欧洲最早的咖啡馆就诞生于意大利。去咖啡馆喝咖啡是一种名副其实的生活艺术。

阿马特里切意面：一种直身空心意面，特别受意大利人的喜爱。在意大利，有一千多种不同的意面！

MERCADO ARTESANAL

¡Hola（你好）！

我叫吉勒莫，家住墨西哥。这里是长着羽毛的蛇神、玛雅人、辣椒——你知道吗？墨西哥一共有二百五十种不同的辣椒——和节庆的国度！

在位于墨西哥南部的首都城市墨西哥城的霍奇米尔科，人们会在周末去远祖阿兹特克人的运河上泛舟游玩。民间乐师在小舟上唱着歌，大人给我们讲伊兹塔公主和坡坡卡勇士被变成火山的故事。

墨西哥

我住在科约阿坎区，远离摩天大楼的区域。在这里，诗人、音乐家、贵妇、画家都喜欢聚集在百年花园里的树荫下。到处都有画家弗里达·卡罗的影子。游客们蜂拥而至，就为了一睹她的故居——蓝房子。它所有的墙壁都漆成了蓝色。在附近的集市上，我们可以买到油炸蝗虫、玉米饼、热带水果和瓷器。

早上，我和家人一起食用黑豆汤，喝咖啡。然后，父亲会送我去学校。由于到校早，我总会带上一本课外书。下午两点，全天的课程就结束了。我会脱去校服，迫不及待地拿出我的棒球棒！稍晚，我的母亲会来接我。回到家后，我们早早吃完晚饭，母亲还要出门干活。不过今天她不用出门，因为我们要准备亡灵节的祭台和装饰品。

今天晚上，我和妹妹卡门都好好装扮了一番才出门，嘴里喊着“卡拉维拉斯”，好让大人往我们的南瓜里装焦糖做的骷髅糖。明天，我们会去宪法广场，那里曾经是阿兹特克人的都城。我们去看头戴羽毛的舞者，布满万寿菊的祭台，向面带微笑的卡特里娜骷髅头致敬。

¡Hasta luego（再见）！

民间乐师：墨西哥某些特定场合或仪式上吹喇叭或弹吉他的民间奏乐手。

科约阿坎区：意为“郊狼窝”，曾经是墨西哥人的祖先——特帕内克人的都城。

玉米饼：墨西哥的一种小吃，用玉米面做成薄饼并蘸满奶酪，再裹上海鲜或其他肉类、蔬菜一同食用。

亡灵节：纪念亡者的节日，在每年11月1日至2日。人们会祭拜逝者，赞美生命。大人们会给孩子吃骷髅头形状的糖果，以及“死亡面包”——一种焦糖圆面包。

卡拉维拉斯：骷髅头的意思。10月31日，墨西哥人会以死亡为主题，举行狂欢庆典。这一传统比万圣节起源更早。

卡特里娜骷髅头：一个女性装扮的面带微笑的骷髅头。她象征着死亡。是画家弗里达·卡罗的丈夫——同为画家的迭戈·里维拉为她取的名字。

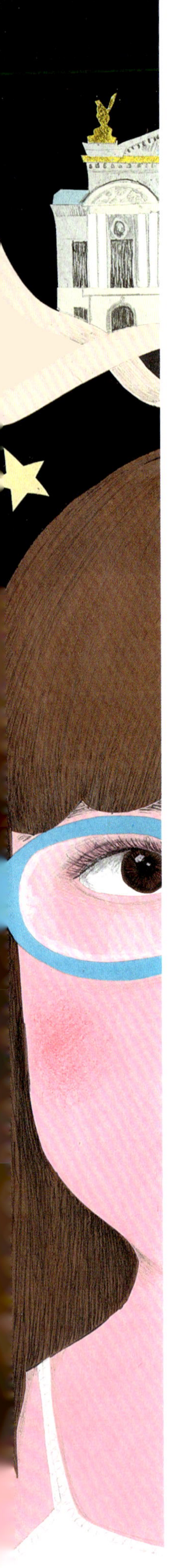

Bonjour（你好）！

我叫莱奥妮，家住世界上来访游客人数最多的国家——法国。这里是人权和《玫瑰人生》的诞生地：法国——包括它的海外省在内——一直在为伟大的艺术家们提供源源不断的灵感。

我住在巴黎，这里是法国的首都。上午八点十五分，我正因为自己的溜冰鞋卡在地砖缝里而抓狂时，我的父亲却说："知足吧，你已经很幸运了！你生活在一个露天的大博物馆里。就连巴黎的地下铁，都是一项艺术创作！"在拉丁区，有巴黎圣母院和索邦大学——世界上最古老的大学之一，也有书店和电影院。冬季，在等待电影开场之前，我们可以先吃一块热乎乎的甜饼，让身体暖和一些。

法国

学校有美食周，会邀请大厨来为我们做好吃的。圣诞节期间，我们会吃木柴形的圣诞蛋糕。而在复活节，我们会吃巧克力蛋！

我们下午四点半放学。有时父母会来学校接我。如果不下雨的话，我们会去卢森堡公园散心。我的弟弟居斯塔夫喜欢玩沙子，而我喜欢玩蹦床。有时，放学后我会留在自修室，一边写作业，一边吃下午茶。在回家的路上，我们会在面包店买一根法棍面包，然后咬下那香脆的面包头！

周三下午，奶奶会带我去卢浮宫或者布堡。然后，我就去上舞蹈课。换上芭蕾舞鞋，我希望某天能成为“歌剧院的小老鼠”。

五月，到处充满假期的气息。周末，我们会去露天咖啡馆吃牛角面包，喝石榴汁。坐在我旁边的恋人们，旁若无人地热吻。

七月十四日，香榭丽舍大街上会举行阅兵式，爸爸总让我坐在他的肩膀上观看。晚上，我们会在塞纳河的观光船上吃晚餐，等待当天最美的风景——国庆烟花表演，以及夜幕中身披彩光的埃菲尔铁塔！

À bientôt（再见）！

《玫瑰人生》：著名的法国歌曲，由法国女歌手艾迪特·皮雅芙演唱。

海外省：法国的海外省包括法属圭亚那、瓜德罗普、马提尼克、留尼汪和马约特岛（国际社会并不承认法国对马约特岛的主权，而是认为它属于科摩罗——译者注）。

拉丁区：巴黎的大学城区。中世纪时，这里的学校用拉丁文教学。

巴黎圣母院：哥特式天主教堂。法国道路的长短都是从巴黎圣母院的某一块石砖开始测算的（巴黎圣母院的地砖上有法国公路网零起点的标志。巴黎与法国其他城市的距离，都是从这个零起点开始测量的——译者注）。

电影：被称为“第七艺术”，由法国的卢米埃兄弟在十九世纪发明。

卢浮宫：世界上最大的艺术博物馆。

布堡：也就是“蓬皮杜中心”，是一座现代艺术博物馆。

歌剧院的小老鼠：指巴黎歌剧院舞蹈学校的学徒。芭蕾舞艺术形成于法国路易十四时代。

香榭丽舍大街：连接协和广场和凯旋门的最美大街。

埃菲尔铁塔：巴黎的代表性建筑，也是世界上接待游客最多的景点之一。由古斯塔夫·埃菲尔设计建造。

图书在版编目（CIP）数据

世界是我家 /（法）玛娅·布拉米著；（法）卡琳娜·黛西绘；余铁译.
-- 北京：北京联合出版公司，2020.1
ISBN 978-7-5596-3742-0

Ⅰ.①世… Ⅱ.①玛… ②卡… ③余… Ⅲ.①儿童故事–图画故事–法国–现代 Ⅳ.①I565.85

中国版本图书馆 CIP 数据核字（2019）第 202581 号

世界是我家
作　　者：（法）玛娅·布拉米 著
（法）卡琳娜·黛西 绘
译　　者：余　铁
责任编辑：昝亚会　夏应鹏
特约编辑：张慧哲
封面设计：刘　欣

北京联合出版公司出版
（北京市西城区德外大街 83 号楼 9 层　100088）
北京联合天畅文化传播公司发行
北京美图印务有限公司印刷　　新华书店经销
字数 50 千　　710 毫米 × 1000 毫米　1/8　　12 印张
2020 年 1 月第 1 版　　2020 年 1 月第 1 次印刷
ISBN 978-7-5596-3742-0
定价：99.00 元
